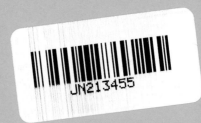

ツリーホーンの
たからもの

フローレンス・パリー・ハイド
エドワード・ゴーリー◎絵
三辺律子◎訳

東京創元社

弟のデイヴィッド・フィッシャー・パリーと、
デイヴィッドの妻《つま》のジーンに、
愛《あい》をこめて

ツリーホーンはクローゼットの床《ゆか》にすわって、マンガを読んでいた。ツリーホーンはマンガを14冊《さつ》持《も》っていて、それぞれ19回ずつ読んでいた。

グエ！　やつのおそろしい頭を切り落《お》としてやったぞ！

見ろ！　ブルブル！　あたらしい頭が生えてきやがった！

ヒイッ！　さいしょのよりも、もっとおぞましい！

オエーッ、きもちわりぃ！

読み終《お》わると、積《つ》みあげたマンガのいちばん下につっこんだ。マンガの山のいちばん上にあるのは、『暗闇《くらやみ》やしきのヴァンパイア』だ。これを読んだのは、おとといがさいごだった。

おこづかいをもらったらすぐに、あたらしいものを買えるんだけどな。マンガ雑誌《ざっし》に広告《こうこく》が出ているものを何冊《さつ》か、とりよせよう。もうクーポンに必要事項《ひつようじこう》はすべて書きこんであるし、封筒《ふうとう》にはあて名を書いて、切手もはってある。もしかしたら、今朝にも、おこづかいをもらえるかもしれない。そうなったときのためにと、ツリーホーンは封筒《ふうとう》をレインコートのポケットに入れた。

GLERFLOOK!

ツリーホーンはレインコートをはおった。雨がふっているからではない。雨はふっていない。そうではなくて、ポケットがたくさんついているからだ。これなら、必要《ひつよう》なものをすべて、手元においておける。マンガ、懐中電灯《かいちゅうでんとう》、ひも、輪《わ》ゴム、クリップ、小さな空き箱《ばこ》。ほかにも必要《ひつよう》になるかもしれないものをいくつか。

おとうさんはまだうちにいて、朝食をとっていた。「エミリー、これからはもうすこし、金の使《つか》い道に気をつけねばならん。われわれは、金を貯《た》めることを学ばないとな。雨の日にそなえるのが大切だ」

おかあさんは、もようのちがう生地を２枚《まい》、家具《かぐ》の上にひろげた。

「あら、雨がふったらこまるわ。きのう、美容院《びよういん》にいったばかりなのよ」そして、生地をかかげてみせた。「ねえ、チェスター、しまもようのがいい？　それとも、花もようのほうが好《す》き？」

「両方《りょうほう》とも、とてもすてきだよ」おとうさんは言った。

ツリーホーンは言った。「あのさ、おこづかいをもらえる？　先週ももらってないから、２週間ぶんだよ」

「午前中に、ペンキぬりの人がきて、キッチンのペンキをぬってくれるの。キッチンをぬりなおすなら、いっそ、家じゅうのペンキをぬりなおしたらいいんじゃないかしら？」おかあさんは言った。
「エミリー、この世《よ》に金のなる木はないんだよ」おとうさんは言った。
「じゃあ、せめていすだけでも、ぬりなおしましょう」おかあさんはため息《いき》をついた。「ねえ、このナビーツイードの生地はどう？　今年は、グリーンがはやりなのよ。ツリーホーン、プルーンをたべなさい」

ふう、ふう、これいじょうは走れねえ！
やつがどんどんせまってくる！　ゲホ！　ゲホ！
火をはいてるぞ！　生きたまま焼《や》かれちまう！
グエエ！　息《いき》ができない！　あの川までたどりつければ！
バシャン！　ゴボゴボゴボ！

「今日の夕食にバーサおばさんがいらっしゃらないといいんだけど。いらしたら、外にお連《つ》れしないとならないもの。ペンキをぬったばかりじゃね」おかあさんは言った。
「ふむ、そうしたら、あまりねだんの高くないところへいこう。じわじわ金が減《へ》っているからな」

UMPF!

玄関《げんかん》のベルが鳴った。「まあ、もうペンキぬりの人がきちゃった」おかあさんはドアをあけにいった。
「おこづかいがほしいんだけど」ツリーホーンがたのむと、おとうさんは息子《むすこ》のほうを見た。「ところでツリーホーン、おまえに話があったんだが、なんだったかな」
「おこづかいの話だよ。2週間ぶん、もらってないんだ」
「なにか金に関係《かんけい》することだったんだが」と、おとうさん。
「今日、もらえれば、とりよせることができるんだ」と、ツリーホーン。
「なにを話そうとしていたのか、思いだしたぞ。おまえを驚《おどろ》かせようと思ってな、1ドルまるまるやろうじゃないか」
「2週間ぶん、たまってるんだよ」ツリーホーンは言った。
「おまえにまるまる1ドルやろう。貯金《ちょきん》するんだぞ」
「貯金《ちょきん》したら、使《つか》えないよ」

「だから、貯金《ちょきん》するんだ。金というのは、貯《た》めるためにあるんだ。貯《た》めるためだぞ、使《つか》うためじゃない。ちりも積《つ》もれば山となる。貯金《ちょきん》とは、すなわち宝《たから》なり、だ」おとうさんは言った。
「ただ貯《た》めて、どうしようっていうの？　ぼくは、ほしいものを手に入れたいんだ」
「いいか、金のなる木はないんだ、ツリーホーン。この1ドルは安全《あんぜん》なばしょにしまっておきなさい。いつか、とっておいてよかったと思う日がくる」
安全《あんぜん》なばしょと言われても、ブタの貯金箱《ちょきんばこ》しか思いつかない。でも今日は、キッチンにあるものはすべて、おかあさんが箱《はこ》のなかに移《うつ》していた。
ほかにしまうところといったら、庭《にわ》の木のうろだろう。あそこなら、だれも見ない。1ドルを封筒《ふうとう》に入れて、うろのなかに入れておけばいい。そうすれば、安全《あんぜん》だ。
ツリーホーンはレインコートのポケットからあて先を書いておいた封筒《ふうとう》をとりだした。そのうち1通は、〈タフガイ社〉あてだった。友だちのモシーが持《も》っているような、筋肉《きんにく》ムキムキセットをとりよせるつもりなのだ。

もうひとつの封筒《ふうとう》のあて先をたしかめた。

インスタント・マジック社
私書箱《ししょばこ》11号《ごう》
ニューヨーク州《しゅう》ニューヨーク市

クーポンにはこうある。

おとくなクーポン！

このクーポンをおくるだけ
(1ドルも同封《どうふう》のこと)
すごいマジックを身《み》につけよう！
友だちもびっくり！
家族《かぞく》もぎょうてん！
さあ、いそげ！
数にかぎりあり！

ツリーホーンはその封筒《ふうとう》に１ドルを入れ、庭《にわ》へ出た。

木のうろには、きのうのふうせんガムが入っていたので、それをとりだし、１ドルの入っている封筒《ふうとう》をしまった。そして、木のねもとにこしを下ろし、ガムをかみながらマンガを読みはじめた。

３回つづけて読んだあと、雑誌《ざつし》の裏表紙《うらびょうし》をながめた。

次号《じごう》は『ミイラののろい』！

どぎもをぬくきょうふ！

血《ち》もこおるおそろしさ！

せすじがゾクゾク、ひざがガクガクのサスペンス！

『ミイラののろい』おたのしみに！

ツリーホーンはくつろいだ気もちになって、木を見あげた。

はっぱがいつもとちがって見える。ツリーホーンは立ちあがって、しげしげとながめた。ここからだとはっきりわからないが、はっぱが１ドル札《さつ》になっているように見える。ぜんぶではないが、何枚《まい》かはどう見てもお札《さつ》だ。

とるには、はしごを持《も》ってこなければならない。

　キッチンへいくと、おかあさんがペンキぬりの男の人と話していた。
「そのグリーンじゃ、だめよ」おかあさんが言っている。「リーフグリーンじゃなきゃ。その色は、リーフグリーンじゃないわ」
「でも、いい色じゃないですか。いい色だってことは、そちらだって認《みと》めるでしょう？」ペンキぬりの人は言った。
「庭《にわ》の木のはっぱが１ドル札《さつ》になってるんだ」ツリーホーンは言った。
「こんなにいいお天気なんだから、外であそんでらっしゃい」おかあさんは言った。
「外であそんでたんだよ。ちょっとはしごをとりにきただけ」そして、ペンキぬりの人に「はしごをお借《か》りしてもいいですか？　庭《にわ》の木のはっぱが１ドル札《さつ》になってるんです」と言った。
「いいか、おれは自分の問題《もんだい》だけで手いっぱいなんだ。おふくろさんがおれのグリーンにもんくをつけはじめたと思ったら、おつぎは、おまえさんが木のことでブツブツ言う。言っとくが、おれのかかえてる問題《もんだい》なんて、涙《なみだ》なしには聞けないぞ」

「えっと、はしごをお借《か》りしてもいいですか？」ツリーホーンは言った。
「いいとも。ちゃんと返《かえ》すならな」
　ツリーホーンははしごをかかえて、裏口《うらぐち》へいった。おかあさんが裏口《うらぐち》のかいだんをほうきではいていた。
「はしごでなにをするつもり？」おかあさんはたずねた。
「木のはっぱが１ドル札《さつ》になってるんだ。だから、木にのぼって、何枚《まい》かとろうと思って」
「あなたがはしごにのぼることを、おとうさんがどう思っているかは、わかっているわよね？　慎重《しんちょう》に、気をつけて、のぼってちょうだいよ」

ツリーホーンは木にはしごを立てかけた。そして、はしごをのぼって、はっぱをながめた。
はっぱが１ドル札《さつ》になっていた。ツリーホーンは27枚《まい》つみとった。ほかにもまだ、１ドル札《さつ》になりつつあるはっぱがたくさんある。かんぜんにできあがってはいないようだ。あとでもどってきて、とればいいだろう。
ツリーホーンは、はしごをもってキッチンへもどった。
「ほら、見て」ツリーホーンはペンキぬりの人に言った。
「はっぱが１ドル札《さつ》になってるって言ったでしょ？」
ペンキぬりの人はため息《いき》をついた。「おれがこどものころは、金ははたらいてかせぐもんだった。言わせてもらえりゃ、さいきんのガキはすっかりあまやかされちまってるな」
ツリーホーンはお金をレインコートのポケットに入れた。そして、あたらしいマンガ雑誌《ざっし》を買いに、近所《きんじょ》のお店へむかった。

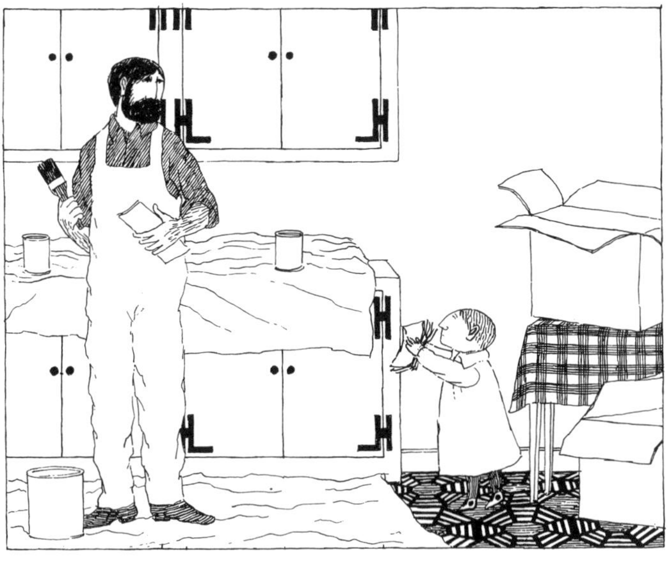

マンガ雑誌《ざつし》の棚《たな》へいって、全種類《ぜんしゅるい》１冊《さつ》ずつぬきとった。『ミイラののろい』はなかったけれど、おもしろそうなマンガはいくらでもあった。それでも、まだお金があまったので、ふうせんガムを買うことにした。

野球選手《やきゅうせんしゅ》の写真《しゃしん》のついたふうせんガムがあった。ツリーホーンはこういうガムに目がない。なにしろふくらむふうせんガム〈どんどんふくらむ**ふくらむふうせんガム**〉なのだ。それに、野球選手《やきゅうせんしゅ》の写真《しゃしん》がついているのも、わるくない。野球《やきゅう》にはそんなにきょうみはないけど。

それでもなお、お金があまったので、チョコバー23本とソーダ16本も買うことにした。

「いらっしゃいませ」レジの女の人が言った。「パーティかなにかするのね。ちゃんとお金は持《も》っている？」

「持《も》ってるよ」ツリーホーンはお金をかぞえながら言った。「それに、これからもっと手に入るんだ。うちの庭《にわ》の木のはっぱがどんどん１ドル札《さつ》になってるから」

「運《うん》のいい人っているのね」女の人は言った。

ぜんぶ運《はこ》ぶには、2回いったりきたりしなければならないかと思ったけれど、レインコートのポケットのおかげでなんとかいっぺんに持《も》ちかえることができた。
買ったものを2階《かい》の部屋《へや》へ運《はこ》ぶと、クローゼットのマンガの山にあたらしいマンガ雑誌《ざっし》をかさね、それから、そのとなりにあるガムの山に、野球選手《やきゅうせんしゅ》の写真《しゃしん》つきふうせんガムをのせた。1ドル札《さつ》がもっとできたら、お札《さつ》の山もつくろう。お札《さつ》の山ははじめてだ。ゲームに使《つか》う偽《にせ》のお札《さつ》なら持《も》っていたけれど、それとはぜんぜんちがう。
ソーダのびんをクローゼットのかべにそってぐるりとならべると、チョコバーは棚《たな》の上のチョコバーの山にのせた。それから、マンガの山のいちばん上においたマンガ雑誌《ざっし》を読みはじめた。
あとで、庭《にわ》へ出て、はっぱのようすをたしかめよう。今は、あたらしいマンガ雑誌《ざっし》を読みたかった。

ガツン！　ドス！　バシャン！
いいか、〈ドクター・ノーノーノー〉、
にえたぎったあぶらのなかにつきおとしたからって、
これで終《お》わりだと思うなよ！
おれは、とうめいスーツを着《き》ているんだ！

「ツリーホーン、おりてきて、バーサおばさんにごあいさつなさい」おかあさんの呼《よ》ぶ声がした。

バーサおばさんはおとうさんそっくりだ、とツリーホーンは思った。ちがうのは、くちひげがないところだけだ。

「この子がツリーホーンかい。かわいそうなファードおじさんにそっくりだね」バーサおばさんは言った。

「ツリーホーン、バーサおばさんにごあいさつは？」おかあさんが言った。

「大きくなったら、どうしたいの？」バーサおばさんはツリーホーンにきいた。

「銀行《ぎんこう》にいくのがいいんじゃないかと思ってるんです」と、おかあさんがこたえた。

バーサおばさんはうなずいた。「銀行《ぎんこう》はいいね。銀行《ぎんこう》なら、ぜったいに道をふみはずしたりしないからね」

ツリーホーンはそろそろ木のようすを見にいったほうがよさそうだと思った。

「なにかしゅみはあるの？」バーサおばさんはツリーホーンにたずねた。
「ええ、しゅみはたくさんあるんですよ。そうよね、ツリーホーン？」おかあさんがこたえた。
「しゅみをもっている男の子はいいね。勉強《べんきょう》ばかりしてあそばないと、子どもはだめになるっていうからね」おばさんは言った。
　そのとき、電話が鳴った。ツリーホーンはろうかに出て、電話をとった。友だちのモシーからだった。
「夏休みはたいくつだな。もうすこしで、学校がはじまっちゃうよ。そしたら、たいくつだろうな」電話のむこうで、モシーはあくびをした。モシーはしょっちゅうあくびをする。「読書感想文《どくしよかんそうぶん》は、もう書いたか？」

ツリーホーンは、『きょうふの首なし』について感想文《かんそうぶん》を書くつもりだった。先生は、マンガの感想文《かんそうぶん》でもいいとは言っていなかったけれど、だめだとも言っていなかった。

「まだ書いてない」ツリーホーンはこたえた。

「おれも」と、モシー。

「うちの木のはっぱが1ドル札《さつ》になったんだ。だから、何枚《まい》かとって、あたらしいマンガ雑誌《ざっし》をたくさん買ったんだ」ツリーホーンは言った。

「『ミイラののろい』は買ったか？」モシーがたずねた。

「お店になかったんだ」

「野球《やきゅう》カード10枚《まい》と、とりかえようぜ」

「持《も》ってないんだよ」

「いちばんいいおはじきを2個《こ》つけるからさ」

「買えなかったんだ」

「友だちがいのないやつだな」モシーは言って、電話を切った。

ツリーホーンはリビングルームにもどった。

「ねえ、エミリー、もちろんわたしが口を出すことじゃないんだけど、ツリーホーンはどう見たって、ちょっとやつれてやしないかい？　顔色がわるいよ」バーサおばさんが言った。
「ええ、たしかに」おかあさんは言った。「ツリーホーン、外であそんでらっしゃい」
「いま、外にいくところだよ。木のはっぱが１ドル札《さつ》になってるんだ。もう 27 枚《まい》とったんだよ。もっとできたら、またとるつもりなんだ」
「男の子は、自然《しぜん》が好《す》きなのがいちばんだよ」バーサおばさんは言った。「フェードおじさんも自然《しぜん》が好《す》きだった。おじさんは、どんな木でも、はっぱを見ただけで、それがなんの木かわかったんだよ。どうだい、ツリーホーン、おまえにもそれができるかい？」
「カエデの木だと思ってたんだ。でも、はっぱが１ドル札《さつ》になったから、わからないや」
「フェードおじさんには、わからないなんてことはなかったよ。知る価値《かち》のあるものなら、知る価値《かち》があるって、おじさんはいつも言ってたね。本でしらべるんだよ。おじさんはいつも本でしらべてたよ」バーサおばさんは言った。
「ええ、ツリーホーンはいつも本を読んでいるんですよ」おかあさんは言った。

そのとき、また電話が鳴った。ツリーホーンはろうかへ出ようとした。
するとバーサおばさんが言うのが聞こえた。「あの子には、ちゃんと頭ってもんがくっついてるね」
ツリーホーンは部屋《へや》を出がてら、ちらりと鏡《かがみ》を見たけれど、とくにいつもとかわったところはなかった。
「もしもし、エミリーか？」電話のむこうで、おとうさんが言った。
「ツリーホーンだよ」ツリーホーンはこたえた。
「エミリー、ツリーホーンのことはまたこんど話そう。電話したのは、今夜、夕食にはいっしょにいけないと伝《つた》えるためだ。バーサおばさんに会えないのは、もちろんざんねんだが、仕事《しごと》だからな」
「ぼく、ツリーホーンだよ。あのね、庭《にわ》の木のはっぱが1ドル札《さつ》になったんだ」
「エミリー、金の話はこんどだ」おとうさんは言った。
「ツリーホーンだってば」ツリーホーンは言った。
「なんだ、ツリーホーンか。どうしてそう言わないんだ？おかあさんに夕食には帰れないと伝《つた》えてくれ」

ツリーホーンはリビングルームにもどった。
バーサおばさんが言っていた。「ねえ、エミリー、もちろんわたしが口を出すことじゃないんだけど、グリーンの花もようって、あまりにもひどくないかい？　もちろん、あんたが好《す》きなら、それでいいんだけどね」
ツリーホーンは、おとうさんは帰れないことを伝《つた》えた。
「ぼくは外へいって、もっと１ドル札《さつ》ができてるか見てくる」
ツリーホーンは外へ出て、木を見あげた。
すると、はっぱは１枚《まい》のこらず１ドル札《さつ》になっていた。でも、まだかんぜんにできあがってはいないようだ。
ツリーホーンはすわって待《ま》つことにして、あたらしいマンガ雑誌《ざっし》をとりだした。

バンバン！

見ろ！　やつはたまをはねかえしてるぞ！

もはや、やつを止めることはできない。おいだ！

ツリーホーンは、ときおり木を見あげた。そろそろできあがりそうだ。
すると、おかあさんの声がした。「ツリーホーン、家のなかに入りなさい。かぜをひくわよ」

ANG!
NG!

ツリーホーンは、家のなかに入った。すると、おかあさんが言った。「バーサおばさんとすてきなレストランへいくからね。きょねんのクリスマスにおばさんからいただいたネクタイをしてらっしゃい」

ツリーホーンは、ネクタイをさがしに2階《かい》へいった。そのネクタイのことなら、おぼえていた。もらったときに、ひどくがっかりしたからだ。ほかのもののほうがよかった。でも、それだけではなくて、さいきん、どこかで見たおぼえがある。どこだか思いだせないけど、ついこのあいだ、見たのだ。それは、まちがいない。

チョコバーをとりにクローゼットへいって、思いだした。照明《しょうめい》のひもに、ネクタイがぶらさがっていた。ずいぶんまえに、電気をつけたりけしたりしやすいように、自分でむすんだのだ。だいぶしわしわになっていたけれど、しばらく上にすわっていれば、なんとかなるだろう。そこで、ツリーホーンはネクタイをほどいた。マンガを3冊《さつ》読んだころには、ネクタイのしわもとれて、出かける時間になった。

　レストランのなかは、とてもくらかった。
「コートはおあずけになりますか？」クロークの女の人がたずねた。バーサおばさんとおかあさんは、コートをあずけたけれど、ツリーホーンはレインコートはあずけないことにした。
　男の人がやってきた。「マダム、おふたりですか？　こちらへどうぞ」
　ツリーホーンはおかあさんとバーサおばさんについていった。でも、どっちの方向《ほうこう》へいったのか、よく見えない。男の人は、おかあさんたちをテーブルに案内《あんない》した。バーサおばさんとおかあさんがかべぎわの席《せき》にすわると、男の人は、ふたりに大きな真《ま》っ黒《くろ》いメニューをわたした。ツリーホーンの席《せき》はなかったので、しかたなく立っていた。
「あら、たいへん。メガネをコートのポケットに入れっぱなしにしてしまったよ」バーサおばさんが言った。
「ツリーホーンがとってきますわ」おかあさんが言った。
「ツリーホーン、おねがいできるわよね？　クロークの女の人にたのんでちょうだい」
　ツリーホーンはまたロビーへもどっていった。懐中電《かいちゅうでん》灯《とう》を持《も》ってきてよかった、と思った。

Escuro's
Escuro's

なんとかロビーまでもどると、女の人が言った。「コートをおあずけになりますか？」

ツリーホーンは首をよこにふった。「おもしろい話があるんです。うちの庭《にわ》の木のはっぱが１ドル札《さつ》になったんです」

女の人はにっこりした。「こどものころ、あたしはよく庭《にわ》にポニーがいるふりをしてたんですって。うちのおかあさんが言ってたわ」

「でも、ほんとうにはっぱが１ドル札《さつ》になったんです」ツリーホーンは言った。

「おかあさんが言うには、あたしはそのポニーに朝ごはんを持《も》っていってたそうよ」

ツリーホーンはため息《いき》をついた。「ぼくのおばさんのコートからメガネを出したいんですけど？」

「それには、あずかりしょうがいるのよ」

おかあさんたちのテーブルはなかなか見つからなかった。みんな、メニューを見ていたからだ。ツリーホーンが懐《かい》中電灯《ちゅうでんとう》をもって歩きまわっていると、ようやくバーサおばさんの話し声がきこえてきた。

ツリーホーンは言った。「あずかりしょうがないと、メガネを出せないんだ」

「あらまあ、ツリーホーン、頭を使《つか》わないとね。わたしは、頭を使《つか》う男の子が好《す》きだよ」バーサおばさんはかばんからあずかりしょうを出すと、ツリーホーンにわたした。

「すてきなお食事《しょくじ》ね。ねえ、ツリーホーン？」おかあさんが言った。

ツリーホーンはまたクロークへむかった。

Escuro's
Escuro's

クロークへいくと、女の人はべつの人と話していた。

ツリーホーンはしばらく立ったまま、ふたりの話が終《お》わるのを待《ま》っていたけれど、そのうち、床《ゆか》にすわって、『うちゅうからきた巨大《きよだい》モンスター』を読みはじめた。ぜんぶで４回読んだ。

女の人の話がやっとおわると、ツリーホーンはあずかりしょうをわたし、コートからメガネを出した。

それから、テーブルまでもどった。

「おいしいお料理《りようり》だったわねえ、ツリーホーン？」おかあさんが言った。
　ツリーホーンは、ふうせんガムをもうひとつ出して、紙をむいた。チョコバーも持《も》ってくればよかった、とツリーホーンは思った。

Escuro's

　家にもどると、バーサおばさんは「じゃあ、帰ろうかね」と言った。
「ツリーホーン、おまえみたいな年齢《ねんれい》の男の子が、今日みたいなレストランにいけるなんて、とてもラッキーなことなんだよ。お友だちがきいたら、うらやましくてまっ青になるだろうね」
　バーサおばさんが帰ると、ツリーホーンは懐中電灯《かいちゅうでんとう》をもって外へ出ようとした。レストランほどまっくらではなかったけれど、だいぶ暗《くら》くなっていた。
「ツリーホーン、どこへいくの？」おかあさんがたずねた。
「木のはっぱがぜんぶ、１ドル札《さつ》になったかどうか、見にいくんだ。さっきはまだ、かんぜんにできあがってなかったから」
「おとうさんが、暗《くら》くなってから外にいくのをよく思っていないのは、知ってるわよね？　あしたの朝まで待《ま》ちなさい」おかあさんは言った。

ツリーホーンは、なにかたべるものがないか、冷蔵庫《れいぞうこ》をさがそうとしたけれど、とびらのまえに箱《はこ》が積《つ》みかさなっていた。チョコバーをクローゼットにしまっておいてよかった、とツリーホーンは思った。

2階《かい》のクローゼットへいって、ネクタイを照明《しょうめい》のひもにむすびつけた。それから、もう何冊《さつ》か、マンガを読んで、チョコバーを6本たべてから、ねむった。

つぎの朝、1階《かい》へおりていくと、おとうさんが朝食をとっていた。
「きのうの1ドルのことを考えていたんだが、おまえのために銀行口座《ぎんこうこうざ》に入れてやろうと思う。覚《おぼ》えているだろう。貯金《ちょきん》とは、すなわち宝《たから》なり、だ。そうすれば、おまえも金がふえるのを見られる。金がふえるのをながめるほど、気分がよくなることはないぞ」
「うん、知ってるよ」ツリーホーンはこたえた。「庭《にわ》の木のはっぱが1ドル札《さつ》になってるんだ。これから、とりにいくところだよ」
「おまえの年齢《ねんれい》で、銀行口座《ぎんこうこうざ》を持《も》っている子はそうそういないぞ。あの1ドル札《さつ》を持《も》ってこい。そうしたら、わたしが銀行《ぎんこう》へ持《も》っていってやる。貯金《ちょきん》をはじめるのに、早すぎるということはないからな」

ツリーホーンは、木のうろにしまった１ドル札《さつ》をとりにいった。見あげると、はっぱは１枚《まい》のこらずできあがっていた。何百枚《まい》という１ドル札《さつ》が。もしかしたら、何百どころか何千枚《まい》かも。クローゼットにぜんぶ入るだろうか。

これで、今日の朝、あのマジックの本をとりよせることができる。こうなった今、たくさんのものをとりよせることができるのだ。たとえば、あの筋肉《きんにく》ムキムキセットだって。それどころか、そうしたいなら、筋肉《きんにく》ムキムキセットを２つ、とりよせることだってできるのだ。

ツリーホーンは木のうろから〈インスタントマジック社〉のあて先が書かれた封筒《ふうとう》をとりだした。そして、なかの１ドル札《さつ》をぬきだすと、おとうさんのところへ持《も》っていった。

「グリーンの花もようにきめたの」おかあさんがおとうさんに言っている。
「いいじゃないか」と、おとうさん。
　ツリーホーンは１ドル札《さつ》をおとうさんにわたした。それから、キッチンへいった。
「もういちど、はしごを借《か》りてもいいですか？」ツリーホーンはペンキぬりの男の人にたのんだ。
「いいとも」
「はっぱがぜんぶ、１ドル札《さつ》になったんです。何百枚《まい》もあるんだよ。これから、とりにいくんだ」
「子どもだってはたらいてかせがなきゃならんと、おれは思うがね」ペンキぬりの男の人は言った。

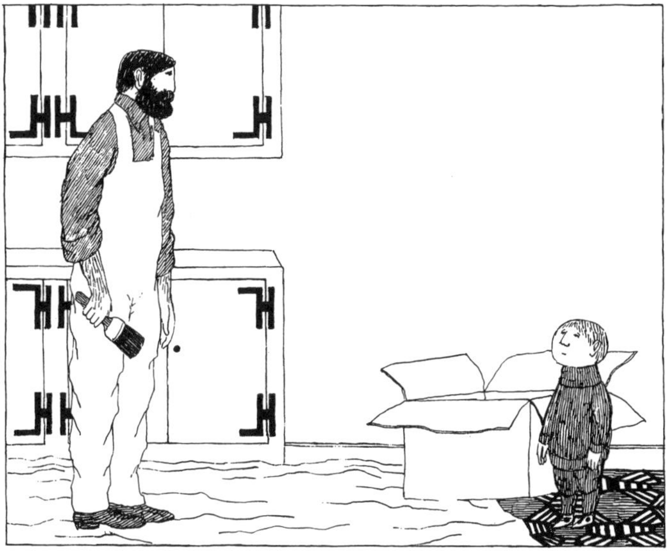

ツリーホーンははしごを持《も》って、外に出た。のぼると、1ドル札《さつ》がしおれはじめているのがわかった。のこっているのは、印刷《いんさつ》されているジョージ・ワシントンの顔だけで、それももう、消《き》えはじめている。

まあ、それでも、あたらしいマンガ雑誌《ざつし》はまだたくさんある。ぜんぶ読み終《お》わるまでは、だいぶかかるだろう。さいごの1冊《さつ》を読むころには、さいしょのがどんな話だったか、忘《わす》れているかもしれない。たとえ忘《わす》れていなかったとしても、もう一度《ど》読んだっていいし。

ツリーホーンははしごをキッチンへ返《かえ》しにいった。

「1ドル札《さつ》はぜんぶ、しおれちゃいました。もとのはっぱにもどったんです」ツリーホーンはペンキぬりの男の人に言った。

「だれでも、問題《もんだい》をかかえてるものさ」ペンキぬりの男の人は言った。

ツリーホーンは2階《かい》のクローゼットへいった。〈タフガイ社〉あての封筒《ふうとう》がまだレインコートのポケットに入っているか、たしかめたかったのだ。つぎのおこづかいをもらったらすぐに、筋肉《きんにく》ムキムキセットをとりよせよう。

ツリーホーンのたからもの

著　者
フローレンス・パリー・ハイド

装画／本文挿絵
エドワード・ゴーリー

訳　者
三辺律子

2025 年 3 月 14 日　初版

発行者　渋谷健太郎
発行所　(株) 東京創元社
〒162-0814 東京都新宿区新小川町 1-5
電話 03-3268-8231 (代)
URL https://www.tsogen.co.jp

装　幀　東京創元社装幀室
印　刷　フォレスト
製　本　加藤製本

乱丁・落丁本は、ご面倒ですが小社までご送付ください。送料小社負担にてお取替えいたします。
Printed in Japan ©Ritsuko Sambe 2025 ISBN978-4-488-01145-1 C8097